星の嵌め殺し

川野芽生

河出書房新社

星の嵌め殺し

星の嵌め殺し　目次

装幀　花山周子

第一部　鏡と神々、銀狼と春雷

燃ゆるものは

凍星よわれは怒りを冠に鏤めてこの曠野をあゆむ

交配を望まざりしに花といふつめたき顔を吊るす蘭たち

溢るるほどのフリル纏ひて訪へば白百合のごとき真冬の海よ

変若水《をちみづ》を月より持ちて来し者に目鼻なし　もういらないと言ふ

神父、まひるの野を歩みをり聖痕ゆ菫の香《か》せる血を流しつつ

春の海つたなく荒れて拾ひたる硝子は魚の義眼なりしか

われかつて皇帝にして見届けつ櫻花のごとき国の崩壊

魔物らにさまざまの色の膚ありてたとへば鬱金櫻のみどり

祝祭は尽きぬ泉にあらねども花冠を食む子馬たち

雨滴、卯の花より生まれ落ちゆきぬ誰も祈りに手を汚しゐて

乗船のごとく纏へりひたむきに薄き生地より成るワンピース

はつなつは刃を煌めかせて来る幾たびも死者を眠らするため

産むことのなき軀より血を流し見下ろすはつなつの船着き場

水面へと泡吐くごとくジャグラーは手より次々ボールを放つ

落雷に狂ふこころのくらがりに苛々花開くライラック

紫陽花は頭《かうべ》を垂りて退《しざ》りゆきこころの檻ゆ逃げし獣か

百合の花捨てたるのちの青磁器はピアノの弦のふるへ帯びつつ

モナ・リザは微笑みにふかく疲れゐて悪《にく》めよ今宵すべての画家を

魔女を狩れ、とふ声たかくひくくしてわが手につつむ錫の杯

いまだ刑死のくるしみ知らぬわれらにて芍薬贈りあひて別れき

たましひをナイフで削るおこなひのぼろぼろに薔薇ひらくあかとき

夏空は異形のものに満たされて日傘の下にわが隠れゐる

弑逆のよろこびをもて園丁はむらさきの薔薇の首を落としぬ

死神の指先はつね清くしてサラダに散らす薔薇の花びら

罌粟の花踏み躙らるるたそがれの騎兵は馬に忘れられつつ

砕け散るまへの一瞬流星は薔薇の蕾のかたちを持てり

滅亡ののちの都はにんげんの夢を見ざりき　銀の眼を閉ぢ

向日葵の花野のやうに死後はあり天使の手より落ちたる喇叭

白薔薇《はくさうび》散るに任する蕩尽のよろこびありて燃ゆるものは火

合はせ鏡を

引き抜きてかつて捨てしを夜の卓に柘榴のくれなゐの乱杭歯

撥条《ぜんまい》のほどくるやうに花は咲き地上は壊れゆく置時計

葬列のやうに季節はあるものを路に敷かるる葩にほふ

求婚者を鏖《みなごろし》にする少女らに嵐とは異界からの喝采

野火　冬のきらめく虚空に手を引かれひた走る火の、ひかりの生は

夢といふ銀狼　霜を冠りゐる毛並を夜ごと撫でさせに来る

合はせ鏡を空に散らしてほんたうは夜空にひとつしかない星よ

八月の嵌め殺し

嵌め殺しの瞳を一生《ひとよ》嵌めたまますれ違ふひともけものも星も

夏空の棄児《すてご》か蟬は　降り来るを流星のごと拾つてしまふ

ひとつづつ命は隠し持つものを掌にあらはなる蟬を載せつつ

太陽の菌糸に搦め捕られたる少年、銀の珠を噴き出し

花があれば花の病があることを心あるところに肉体は

八月は黒手袋をはめて来て溺るる蟬の翅引き抜きぬ

炎ゆるごとき老衰あれよ八月の紫陽花立ち枯れて惑星《ほし》狭き

亡き王のため

夜空とは星の鉱床　鶴嘴の鈍きひかりの繊月ありて

怪物を懐に抱きねむりゐるみづうみとその夢のわたくし

王と騎士愛しあひつつかなしみはグラジオラスの花立つごとし

盾にきざむ竜の紋章秋の陽に燦めきてのち砕かれにけり

月かげに黄薔薇は蜜を溜めゆけど亡き王のため狂ひゆく騎士

凍て星に悲傷はなくて只管《ひたぶる》に死の裏がはを照らしゐるのみ

魔女のため灯す七つの星あればゆけようつくしからぬ地上を

水晶と鬼

夕月は梨割るごとく顳れてかをらねばながく衰へざりき

星ぼしの攻め寄する夜半　家ぢゆうの硝子器きらめきて震へたり

線描画《ドローイング》のごとくかそけく立ちゐるは死者かはた雪を知らぬ不眠者

箱の中にさらに箱あるよろこびを四角き宇宙の人言ひたまふ

残光の凄まじき夏気のはやき鬼を日傘に入れてやりたり

飛行機雲は天の背骨かわれらみな遺骨の内をゆきかひて遭ふ

御覧、ゆめの中央《もなか》にあをき亀はゐてきみのかなしみの玉座であつた

失ひし羽衣《うい》を捜せどゆふやみに蜉蝣ふるへゐしのみ城下

きみが天使と呼ぶ合成獣《キマイラ》が眼窩より取り出す珊瑚　手触るるなかれ

身のうちに水晶育ちゐるごとし初冬を骨ひからせて耐ふ

硝子器のすべて

盾のごと傘を構へつ空はいま野分の敷ける陣営となり

物心もたぬ日の記憶に似たりモノクロ写真にうつる紅葉

かつてわが手より落としし硝子器のすべてが月の裏にかがやく

霧のごとねむたさを曳きて駆けゆけるこどもらよその夢に棲む魚

つねに紅葉の森よペンナイフのごとき蜻蛉《せいれい》をわが喉に突きつけ

a long way from here

ぼろぼろに靴もなること。寒暁の夢の夜空は浅く照らされ

来週の予定を紙に書き込んで予定も死期のやうにふたしか

くりかへす空約束の安けさに　忘れて。さみしいつて言つたことなど

寒雷が遮る　きみが言ひさうなせりふを思ひ浮かべるたびに

食欲をなくせばすこし棄教者のやうに夕餉の席を離れつ

高きところに

しらほねを砕きてつくる雪とおもふ　春、自転車の籠に降り積み

死者なべて身代はりなれば夕かげを羽織れるながき列に加はる

カミツレの石鹼《ソープ》裸身に滑らせてひとときを願ふ神の不在を

花々を愛でたさに木を並べゆく街なみ　木々は花器にあらぬを

月に棲むけだものの歯を恋ひながら嚙み砕く春の氷砂糖よ

Caffeine にかすかに酔へば聴いてゐる身うちに膨れゆく潮騒を

水沫《みなわ》の死視てゐたるのみ幾千度《いくちたび》波はわたしの足に縋れど

をさな子の辺獄なりや花の蜜満つる菜の花畠は薄暮

青葉、胸に犇くごときこの夜を泣くらむかイヴァン・カラマーゾフは

聖母像に涙を流すつとめあり涙も尿《ゆまり》も血も同じこと

木々がみな鐘楼となる春にしてわれらに花のごとき緘黙

五百円払ひて天守閣に登り見晴すといふ権力を得つ

光あまねき天をゆくもの（飛行機も鳥も）みな礫のかたちに

遠近法知らざる画家の絵のなかにきみのみ死のごとく暮れのこる

ユダ焼きの祭りの列に加はりてユダはおのれを焼く火を持てり

枯草熱病むひとは朱きまぶたして言ひあへりヨブの皮膚病のこと

びつしりとからだをおほふはなびらをかぞへたらうか木々もいちどは

天使の屍跨ぎて街へ出でゆけば花は破格の値で売られをり

Quo vadis,（たとへば）Domine? 朝な夕な焼け落つる雲の城も見飽きて

何を載せ発てる小舟かはなびらはふたたび同じ岸に還らず

第二部

航行と葬送

訳詩集

錦瑟無端五十絃　一絃一柱思華年
荘生暁夢迷蝴蝶　望帝春心託杜鵑
滄海月明珠有涙　藍田日暖玉生煙
此情可待成追憶　只是当時已惘然　——李商隠「錦瑟」

歳月を弦となす琴　すぎゆきも未だ過ぎざるも幽《くら》き音もてり

薔薇泣幽素　翠帯花銭小
嬌郎癡若雲　抱日西簾暁
枕是龍宮石　割得秋波色
玉簟失柔膚　但見蒙羅碧
憶得前年春　未語含悲辛
帰来已不見　錦瑟長於人
今日澗底松　明日山頭蘗
愁到天地翻　相看不相識
——李商隠「房中曲」

遺児あまく睡れるあした光差しうつしみよりもながく臥す琴

瀟湘何事等閑回　水碧沙明両岸苔
二十五絃弾夜月　不勝清怨却飛来
——銭起「帰雁」

月の面を掻きむしる弦くるしくて翼あるものは秋に逃げゆく

ひとの歌読み果てて夜はなほ明けず舷《ふなべり》打たれゐる声を聴く

把君詩巻灯前読　詩尽灯残天未明
眼痛滅灯猶闇坐　逆風吹浪打船声
——白居易「舟中読元九詩」

空山新雨後　天気晩来秋
明月松間照　清泉石上流
竹喧帰浣女　蓮動下漁舟
随意春芳歇　王孫自可留
——王維「山居秋瞑」

航路なす蓮《はちす》よ春を意のままに発たしめよ吾は汝が辺《へ》にあれば

寒雨連江夜入呉　平明送客楚山孤
洛陽親友如相問　一片冰心在玉壺
――王昌齢「芙蓉楼送辛漸」

河として氷雨来れり。つめたさを清さと信じひとを見送る

走馬西来欲到天　辞家見月両回円
今夜不知何処宿　平沙万里絶人煙
――岑参「磧中作」

騎馬の上に月盈ちて、ふたたび盈ちて、止まらねば天へ到ってしまふ

銀幕にスノードーム――タル・ベーラ『ニーチェの馬』に寄せて

モノクロの映画を観むと闇に入る喪服の色の裳裾を曳きて

砂嵐五月蠅きのみの終焉をいくたびも見きこの肉体に

じやがいもの皮を片手で剝く業《わざ》に熟達したり老いて男は
窓の辺に座しいつまでも見てをれば正気より身を護る術なし
さらばへて廏の闇に眸《め》をひらく馬、飲食《おんじき》をかたく拒みて

気がくるふほどながい長回しの中を立ち尽くすことを生きると云へり

スノードームの雪が降り止むやうに世は消え、音のなきスタッフロール

長回しの世界の中を帰りゆき生きていくたび来る映画館

冬の氷菓

天上を照らす火の白さを知らずきみに差し出す冬の氷菓を

宇宙、しづかに膨張しつつ冷えてゆくからだを金の釦もて留む

身体を魂の喩《ゆ》と思ふとき新月のごと冷ゆる指先

極光を爪に灯して手を振ればいつせいに亡霊が振り向く

推理といふ伽藍を組み立てては崩す白夜の国の王のあそびは

どうしても星は降り来る冬の日のはるかな犯人を指名する

友人ときみを呼ばない電飾の街にまたたく千の虹彩

あの夏が飽和する。
―全文朗読付き完全版―

カンザキイオリ

青春サスペンスの傑作、文庫化記念！人気声優による全文朗読が付いた完全版単行本。十三年前の逃避行を描いたスピンオフ初掲載。

▼六三八〇円

Across the Universe

秦建日子

彼らはなぜ人を殺すのか。人の心を蝕むのは、悪意か、愛か。渋谷ハチ公前爆弾テロ事件から三年。世界は、ついに、変わる……。三部作堂々完結！

▼一九八〇円

あの空の色がほしい

蟹江杏

風変わりな家に住む〝変人〟芸術家とお絵描き大好き小学生――オッサン先生とマコの奇妙な交流を描く、落合恵子さん絶賛の感動小説！

▼一九八〇円

京都という劇場で、パンデミックというオペラを観る

現代京都に現れた小野篁とその仲間たちが、「オペラでコロナを倒す」べく地獄の底へ。奇想天外で壮大な「人類史オペ

高丘親王との航海記

儒良

吾に人語を教へしはたれ　食中花くち開くごとき海が、ここにも

蟻あらば蟻食ひはゐてことばあらばわれらは細き口吻《くち》もて集ふ

未生のわれの卵をきみは取り落とす。　いくたびも（ゆめに）（未来に）（過去に）
気に入りの玉より次は生まれむと今生、　玉を蒐むるひとよ
石は卵になりたくなくて黙せるを月かげの手が撫でまはしゐる

蘭房

後宮も墓廟もおなじ。女《をみな》らは西陽のやうに横たはりつつ
鳥となる途中の、凝と眸をひらき、見てゐる。女たちはあなたを
ぼくたちは珍種の蘭と定められ、交配のしかたなんてわすれた

獏園

獏園に陶の枕は置かれゐて夢を生み出す機械、われらは

獏の肉啖《く》へば舌冷ゆ　昨夜《きぞ》見たる星の苦きを探り当てつつ

蜜人

砂の上に鏤められて旅びとは馥郁と死せり。拾ふべからず

鏡湖

誰ひとり湖面に映す顔をもたぬ舟旅は遠き記憶にありき

儒艮

海、魚を産みやまずして歌ふこゝろ——おれはことばといつしよに死ぬよ。

暮れ方のコルカタ

風花のやうにことばは散るものをいくつの春を超えて来て　歌

うたごゑに灯を点されて暮れ方のコルカタ、かくて歌は栄えよ

歌ってよ　川ははげしくみづからの骨を焼《く》べつつひとりで進む

てのひらにゴレム

二〇一七年八月

眠れない姉が映画を何本も観るのをねむりの合間に見たり

イスタンブール、ブルーモスク

朝焼けよ　路上にながく影を曳きはじめつつ撮る野良犬や鳩

窓の外に美《は》しき異界のあることを彩色玻璃窓《ステンド・グラス》の前に信じつ

ワルシャワ、聖十字架教会

ショートケーキの苺のやうに取つておく心臓、それはかつてショパンの

かつてこの街を焼きにしものありてわがゆくワルシャワの旧市街

ポーランド・ユダヤ人歴史博物館

迫害の歴史のなかへ潜りしが生きて帰されたり陽のもとへ

二〇一七年七月、トランプ大統領は訪問しなかつた

訪はざりしことがニュースになるといふワルシャワ・ゲットー蜂起記念碑

クラクフ、織物会館

竜伝説、すなはち竜退治伝説　市場に竜のぬひぐるみ満ち

Kraków とおなかに誇らしげに記し色とりどりの竜の群れなり

写真嫌ひなりにし姉が少しづつ撮らるるを肯ひゆく日々よ

カジミェシュ地区、ウルフポッパーシナゴーグ

–1945年と記される墓碑あまたシナゴーグの墓地に

〈ゲットーの英雄広場〉に椅子のみが並ぶ　この世はとはの空席

あまたの旅の終着地点なりしとふアウシュヴィッツにわれらは行かず

プラハ、旧新シナゴーグ

てのひらに包むゴレムの置物のすずしさにシナゴーグを出でつ

プラハ城

手荷物検査係が鞄の中にゐるピンクの竜に挨拶をする

花細《ぐは》し薔薇窓の下あゆむときさみはきれぎれの色の影

ブダペスト、騎馬民族の街にして地下鉄があらあらしく揺れる

街ごとに異なるエスカレーターの速さよ東京は遅いはう
永遠に朽ちざる石を供ふると聞きたり英雄のシナゴーグ
これの世に薔薇のかたちのジェラートを松明のごと掲げてわれら

花季はまた

小田原にて

縄を綯ふやうにおのれを捩《よじ》りつつ大樹は天をあきらめきれず

咲くことを樹々は厭わず散ることを惜しまずいかな春は来るとも

海に向き列車の扉いつせいに開くとき海もまぶた開きぬ

夢の記憶ひとつを取り戻すやうに掌に享けたりき柑橘一顆

輝ける腕《かひな》あまたを差し伸べて天は千年の春のうちなり

糠星の産地とおもふ苔生して天のおもさを支へる腕は

日のひかり傾《かたぶ》くかたへ差し伸ぶる手に黄金《きん》いろの蜜柑のこりぬ

転生をかさねひとみなひとたびはこのはなびらのひとひらなりき

建築のための挽歌

陶製のからだを井戸に投げ込んで、忘れた。かつて月だったこと。

かの皿を井戸へ捨てにし腕しろくやはくしてもはやどこにもあらぬ

百年ののちに出土することはない眼に見たりビルの解体

取り壊すための機械のある春の地上、すべての髪は伸びゆく

この胸もふかく穿たば地下水は湧き出むかくは涼しき色に

街に記憶はあつてわたしはその夢に点すべき灯もなく過ぎゆきぬ

立つのみの旅

海はつね低きにあるを降りゆきて波のみどりを頭に戴かむ

晩夏《おそなつ》の砂の苛烈を踏みゆけば蛋白石《オパアル》めきて海月死せりき

微細なる傷を総身に負ひて入る海はしづけき裁きのごとし

波間《なみあひ》に水着のリボン遊ばせてひとは海月を親類にもつ

ふらここの上なるからだそらすとき地平に海の泛びゐし夢

無辺際の曠野、われらを通過せり。――波打際に立つのみの旅

まかがやく雫まとひて上がりゆくたれも魂を置き去りにして

恐竜の不在

夏が夏を篤く病みゆくこの夏をわれらの影はゆく足早に

展示室、ほのぐらくしてマーコールの角の螺旋は空《くう》に喰ひ込む

前肢を宙に留めて昼月のごと皓かりき馬の骨格

鳥に近しき橈骨秘めて手は舞へりときにいきものを解体しつつ

鞠のやうに蛇骨を丸め標本士は告げきぬ蛇の尻の在り処を

蛇に肋《あばら》ぎつしりとあるうれしさの、たとへば人を容れざる銀河

鯨骨を天井に吊りその下をゆきかふ魚の敬虔をもて

屋上に脱ぎて揃へし沓のやう鯨骨に小《ち》さく添ふ後足

水はみな海へと流れいくたびもいきものは陸に見切りをつけぬ

モニターの微睡みのなかループする竜の絶滅の旧い学説

設計図失はれたる城のごと並べ替へられ続くる骨よ

竜たちの残せしパズルうつくしく人の頭蓋のうちに陽炎

恐竜を象る指環失せにけり。わが指啖ひ受肉したるや

わたしの膝、パーツが妙に多いのよ。時計の蓋を外すごと告ぐ

恐竜の不在　われらは月の夜も月のなき夜も歯を磨き寝る

奇病庭園――老女の頭部の歌

月かげを脳《なづき》へと吸ひ上ぐるごと涼し額《ぬか》より角伸びゆくは

石化するおのが軀を愛すかな首《かうべ》など疾《と》く外れたまへよ

老女として生れしごとしも雷射さば窓掛の皺またも新たし

わが思ひ石となりゆく月の夜に春雷のごと兆すは嚔《くさめ》

〈絵ノ内ノ女タチ消ユ　廃院ニ画家ノ再ビ死セル白昼〉

ひとつの首として目覚めたり文字が字を紙上に引き留めゐる写字室に

火　なんと美しい火だ　凍てついた森へおまへが落としたものは（わたしが？）

罌粟の野のやうなおまへ《わたし》への血の中で二匹の獣となつて駆けやう

第三部

繻子と修羅、薔薇と綺羅

地上のアリス

はりぼてのお城に集ひ復讐の謀《はかりごと》するごとくはなやぐ

はるのゆき　少女のやうな少年に一度生まれてみたかつたこと

少女期を生き延びてまたここで逢ふ　アリスはルイス・キャロルを捨てて

すぐ消えるきらめきと呼ばれつづけつつわたしたち永遠にうつくしい

みづにみづ重ねて水はみづいろとなるをあなたの歳月もまた

おとなになつて、少女らはおとなになつて、完璧な少女になつたのでした

いつまでもこの世の道で迷ひつつぼくらはアリスとアリスとアリス

ロ、リー、タ、とぼくらを呼んだ千の舌を灼いてまた名乗ろう、ロリータを

オフィーリア、もう起きていい。死に続けることを望まれても、オフィーリア。

模造宝石《イミテーション・ジュエリー》指にきらめかせ地上すべての城を手にする

つややかにサテンのリボン解くるをほどけるたびに結べばよい、と

傅きてウエストリボン結びあふ　誰も姫にて誰もその侍女

反逆のひとつと思《も》へりこのほしに亡国の姫として在ること

みづうみを身に着けて歩みくるひとよ白鳥なりし日の澪曳きて

ひまはりを胸に咲かせてこはいほどよく笑ふ花、と思ひゐしかど

みづのいろ水色ならぬ春昼の、髪をときをり黒へと戻す

〈シャイニング〉の双子のやうにわたしたちどんな災禍もおそれず招く

無垢といふしづかな意志のなかにゐて白きドレスをましろく洗ふ

春昼よ完璧なレースのなかにきみと編み込まれてしまひたい

海が月に惹かれるやうにスカートはふくらむといふ夢の秩序よ

殺し屋の女の映画見にゆかな紅きリボンを旗印とし

自分ひとりの部屋のやうなるうつくしき衣服の中に立つ（なんどでも）

スクリーンのやうなる皓きブラウスに藤棚のあはき影は揺れゐる

ありつたけのフリルに埋もれ、目覚めつつ夢みる／夢をみつつ目覚める

肉体を憎みつつ塗る百合の香のネイルオイルを祈禱のやうに

薔薇もやうのドレスのためのトルソーとなるときゆるすおのが軀を

肉体をたましひに繋ぐ紐としてコルセットの紐ふかく締めたり

たましひの裸形のごとき服を選び肉体を脱ぎ捨てる日までを

羽衣とともに手にせりいましばし地上に残るための勇気を

涙代りのビジューを裾に縫ひ止めて、おそれない。どんなひかりも海も

テディ・ベアを抱きしめて

ばらいろのマカロンによろこぶときも昼月のごとそこにゐる鬱

退廃の美、と告げて駅の灯にかざすマニキュア剝げてゐたるを問はれ

テディ・ベア抱きしめながらこの冬はわたしをひどく追ひ詰むる夢魔

精神は客体　雨に穿たれて雪がよごれた眼をひらくまで

どんな綿を胸の空洞《うつろ》に詰め込めばそんなにも落ち着いて、テディ・ベア

party talk

〈文章で食へなくていい金持ちの男をあなたは捕まへなさい〉

戦闘服のつもりで着たるノースリーブドレスの肩に触れてくる人

寒雷よ　写真で見るより美人ねと展翅のごとき歌人の評は

〈嫁にやる娘のやう〉と、氷雨いろのドレスを着たいだけだつたのよ

皿いつぱいにケーキを取つて立つてゐる荒野　〈女子力が高い〉と言はれ

〈この賞は若い女性が多いから華やかでいい〉はなやかな墓

冬の鷹を肩に止まらせ触れてくる者の手を啄ませるあそび

おとうとの語彙

スクリーンに少年言ひ淀むあひだおとうとを待つごとく待ちをり

夜の厨に湯の沸くまでを待ちながらおとうと、修道僧の貌して

いつの間におとうとの語彙増えてゐて思つたことを話してくれた

きみの代はりにきみの心を言ひ表す言葉を探すことをやめたり

「言ひ淀む」と「口を噤む」の差がわかるつもりで話の続きを待つた

ラストノート

うつつとは夢の燃料　凍蝶のぼろぼろに枯木立よぎりぬ

ノートルダム大聖堂とふ香水に嗅げり煙の香のかなしみを

昨夜《きぞ》見たる夢をムスクと火のかをりに喩へ調香師の朝餐よ

庭園のすべてを領するものなくて蚯蚓と薔薇の根と愛しあふ

神なべて劫火ならずや蛋白石《オパアル》はケロイドのごとかがやくものを

北国の調香師より貰ひ受く天使の体臭のオー・ド・パルファム

虚言かつて知りしことなし街ゆけば春、眼疾のごとき花々

角

春を怖れて窓を鎖しゐる夕つ方髪はみな鋭き切先もつを

呼ばれたるものは目覚むる春にしてレースのカーテンわれを離《か》れゆく

かをりなき花、　葉擦れなき葉を沈め翠の水底の知らぬ顔

銃身に火薬を詰むるしづけさにリラの落花を拾へばひとり

濁りつつ澄みつつつ潮は戻りゆき帰蝶をひとの名と知らざりき

痛点とシュトレン

手を取つてやさしく爪を切りしのち神は天使を地へ放ちやる

わが眼瞬くとき天界に雷萌ゆ――と信じたり百合の蕊毟りつつ

抽象の深みへやがて潜りゆく画家の習作に立つ硝子壜

〈空間は絵の中にない。絵の前にある〉とし告げて抽象画家は

うすくうすく切るシュトレン　痛点をあまねく浮かべこの肉体よ

天体のなべて背面を隠しゐる夜半、見逃しし嘘を数ふる

季節狂へば新しき名を　ひらがなをふたつ並べて呼ばむとすれど

月影のごときよらなる貝、布帛、銀《しろがね》なりしを経理終《しま》ひつ

天と地を縫ひ綴ぢなむと薄紅の糸の無数よ眼を開きて視る

天ゆ垂るる薄紅の糸　なにものが伝ひ来るとも歓迎すべし

ルピナスの焔

本ののど深く栞を差し込みぬ痛みのごとく記憶は走る

翡翠《かはせみ》は水を穿てど友人を友人と呼ぶまでのながさよ

吹上げは庭を統べたりきらめきて崩るるものを治世と呼べば

ルピナスの焔《ひ》はゆらめけり友人が親友と呼ぶひとを知らない

薔薇のアーチを幾度もくぐり、私が止めてしまつたままの文通

初恋はないと答へて飛び石を渡れり水の少ない川の

夕闇に庭沈みゆく　生き延びてわれらが淹るる黄金《きん》色のお茶

火事のやうに

星々の眼《まなこ》がぼくらを撃つとして　おいで。ひかりを見せてあげるよ

火事のやうに天使のやうにぼくたちは目を逸らせない夢になつたの

畳みきれない翼をたれに見られても構はない。遠い湖《うみ》の漣《さざなみ》

王子を殺して人魚に戻れるものならば。水飲みてみづからだに揺るる

たまには人間たちに紛れて。ニンフらが画布を抜けだす黄昏どきの

碧眼を眼より剝がして捨てたれば夜《よ》の底をあふれ出す花々

いとほしい使ひ魔のやうに閉ぢ籠める双手《もろて》をレースグローブのなか

純銀の弾丸《たま》も平気になつたの、とジャボタイ喉に留めてあなたは

あの城があたらしかつたはつなつの宴で会つたはずの友だち

いかなる神の前へもこの姿でゆくよ。海のフリルが白さを増して

あとがき

次に歌集が出るのは十年後だろうと、第一歌集が出たときに思っていました。短歌を始めてから第一歌集を出すまでが十年だったからです。

しかし思いがけず早いタイミングで声をかけてもらい、それまでに発表した歌を並べてみたら思いがけず数があったので、こうして歌集が出るはこびとなりました。

第一歌集を出したのは、次に進むためでした。一首という単位、また連作という単位で作品を作ってきて、次は歌集という単位で作品を編みたいと思った、というのもありますし、ここまではやったというのをかたちに残さないと、いつまでも同じところで足踏みをし続けてしまうような気がしたからです。

ところで、わたしは歌集を出すとき、読まれる、ということをほとんど考えていなかったようです。本を出す、というのは、わたしの中では図書館の棚でひっそりと百年を過ごすというイメージであって、新刊書店に並べられるといった場面は、わたしの想像からすっぽりと抜け落ちていたのです。

本を出すと、読まれる、というのは予想外のことでした。わたしは子供の頃から小説や詩を書いていたのですが、短歌を作り始めて、それまでよりも「読み手」の存在のことを考えるようになったつもりでした。歌会を通じて、生身の（「詠み手」でもある）「読み手」たちとたくさんの言葉を交わしたからでもありますし、短歌の短さが、言葉は読者の目の中で乱反射してはじめて言葉として歩き出すのだと教えてくれたからでもあります。

だから、わたしは自分のなかで他者と対話を重ねながら短歌を作ってきました。けれどわたしの対話の相手は、「短歌」という他者、「言葉」という他者であって、生身の他者ではなかったように思います。生身、なんてものがほんとうにあるのだとして。

それでも、言葉の中にはつねに他者があって、言葉を発した以上は、それは他者へと届くのでしょう。

ふしぎです。これを、あなたが読んでくれているということは。

しかしこの歌集に収められた歌の多く（特に第二部）は、たくさんの他者の介在によって生まれました。どこへ向かったらいいのかわからないときに、短歌以外のものや人がそこにいてくれたのです。

末筆ながら、河出書房新社の窪田香織さん、装幀・組版デザインを担当してくださった花山周子さん、サポートしてくださった堀川夢さん、わたしのよき友人でいてくれる人たちと、よき家族でいてくれる人たち、この本を手に取ってくださったみなさまに、感謝申し上げます。

二〇二四年　春

川野芽生

初出一覧

第一部

燃ゆるものは「ねむらない樹」vol.7（書肆侃侃房、二〇二一年八月）

合はせ鏡を「短歌研究」（短歌研究社、二〇二〇年五月）

八月の嵌め殺し「歌壇」（本阿弥書店、二〇二〇年十月）

亡き王のため「文藝春秋」（文藝春秋、二〇二〇年十二月）

水晶と鬼「文學界」（文藝春秋、二〇二〇年十二月）

硝子器のすべて「半人半馬」（二〇二〇年十二月＊ネットプリント）

a long way from here「半人半馬」（二〇二一年十二月＊ネットプリント）

高きところに「歌壇」（本阿弥書店、二〇二三年五月）

第二部

訳詩集「短歌研究」（短歌研究社、二〇二二年五月）

銀幕にスノードームータル・ベーラ『ニーチェの馬』に寄せて「蒼海」十五号（二〇二二年三月）

冬の氷菓「俳人探偵と歌人探偵の事件簿」（二〇二二年一月＊同人誌）

高丘親王との航海記（高丘親王との航海記1「半人半馬」（二〇二二年十二月＊ネットプリント）／高丘親王との航海記2「短歌研究」（短歌研究社、二〇二三年五－六月））

暮れ方のコルカタ「映画『タゴール・ソングス』応援企画」（二〇二〇年七月＊ネットプリント）
てのひらにゴレム「歌壇」（本阿弥書店、二〇二一年五月）
花季はまた「小田原市観光PR動画「うたの生まれるまち 小田原〜追憶編」」（二〇二四年三月）
建築のための挽歌「Tokyo Dialogue 2023」（二〇二三年十月）
立つのみの旅「短歌」（KADOKAWA、二〇二四年一月）
恐竜の不在『現代短歌パスポート vol.2 恐竜の不在号』（書肆侃侃房、二〇二三年十一月）
奇病庭園―老女の頭部の歌「川野芽生特集フェア「異形の芽生え」（代官山蔦屋書店）特典冊子」（二〇二四年二月）

第三部
地上のアリス『地上のアリス Otona Alice Book vol.1』（Otona Alice Walk, 二〇二二年九月）
テディ・ベアを抱きしめて「半人半馬」（二〇一九年十二月＊ネットプリント）
party talk「短歌往来」（ながらみ書房、二〇二一年三月）
おとうとの語彙「鉄線歌会」（二〇二二年七月＊ネットプリント）
ラストノート「短歌研究」（短歌研究社、二〇二一年五月）
角「Winged Unicorn」（二〇二二年五月＊フリーペーパー）
痛点とシュトレン「短歌研究」（短歌研究社、二〇二四年五‐六月）

ルピナスの焔　「短歌」（ＫＡＤＯＫＡＷＡ、二〇二一年十二月）
火事のやうに　『地上のアリス Otona Alice Book vol.1』（Otona Alice Walk, 二〇二二年九月）

川野芽生　かわの・めぐみ

一九九一年神奈川県生まれ。小説家・歌人・文学研究者。東京大学大学院総合文化研究科単位取得満期退学。二〇一八年に連作「Lilith」で第二九回歌壇賞受賞。第一歌集『Lilith』（書肆侃侃房、二〇二〇年）で第六五回現代歌人協会賞受賞。ほか、短歌集に中川多理との共著『人形歌集　羽あるいは骨』『人形歌集Ⅱ　骨ならびにボネ』（いずれもステュディオ・パラボリカ、二〇二四年）。短篇小説集に『無垢なる花たちのためのユートピア』（東京創元社、二〇二二年）、掌篇小説集に『月面文字翻刻一例』（書肆侃侃房、二〇二二年）、長篇小説に『奇病庭園』（文藝春秋、二〇二三年）、『Blue』（集英社、二〇二四年）。エッセイ集に『かわいいピンクの竜になる』（左右社、二〇二三年）、評論集に『幻象録』（泥書房、二〇二四年）。

星の嵌め殺し

二〇二四年七月二〇日　初版印刷
二〇二四年七月三〇日　初版発行

著者　川野芽生
発行者　小野寺優
発行所　株式会社河出書房新社
〒一六二-八五四四　東京都新宿区東五軒町二-一三
電話　〇三-三四〇四-一二〇一［営業］
〇三-三四〇四-八六一一［編集］
https://www.kawade.co.jp/

印刷　株式会社亨有堂印刷所
製本　小泉製本株式会社

Printed in Japan　ISBN978-4-309-03200-9

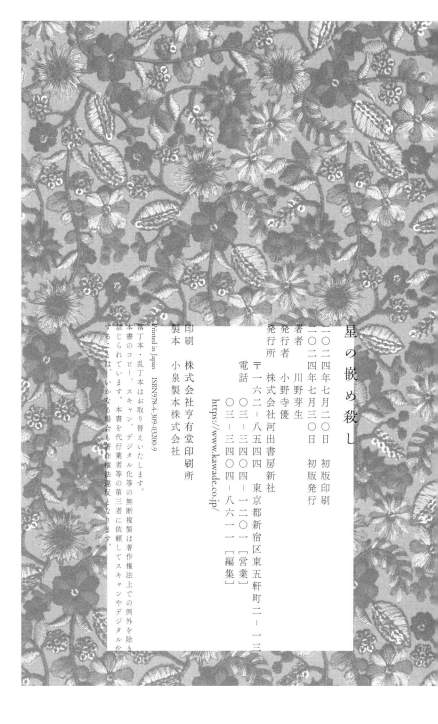